똥 먹는데
밥 얘기하지 마!

똥 먹는 데
밥 얘기하지 마!

똥 먹는데
밥 얘기하지 마!

글 유별나 · 그림 김선화

똥 먹는 데 밥 얘기하지 마!

글 유별나·그림 김선화

도서출판 곰단지

"태~양"

똥 먹는데 밥 얘기하지 마!

1.
똥 먹는데
밥 얘기하지 마!

똥! 똥! 똥!

'똥' 자의 'ㄷ' 자만 들어도 머리카락이 쭈뼛쭈뼛 곤두선다.

내 동생 이름은 김동우, 아니 김 똥우다. 동생은 늘 밥 먹을 때 똥을 싼다.

"엄마, 떠엉."

"야, 쫌!"

"뭘 짜증을 내고 그래."

엄마는 또 동생 편을 든다.

"왜 쟤는 꼭 밥 먹을 때 똥을 누는 거야?"

"아직 아기라서 그래"

엄마는 동생을 데리고 안방으로 들어갔다.

"아무리 아기라도 그렇지!"

"너는 더했어."

아빠도 동생 편을 든다.

"너는 아빠 목에다 설사도 했었어."

"설사만 했나 오줌도 줄줄 싸는 바람에 아빠가 똥으로 목욕을 했는데."

엄마는 동생 기저귀를 갈아주면서 맞장구를 쳤다.

"아, 진짜 쫌……."

나는 더러워서 밥 먹던 숟가락을 내려놓고 씩씩거렸다.

삼신할머니가 동생을 세상 밖으로 내보내면서 '똥'하고 엉덩이를 때린 건 아닐까? 아니면 동생이 세상에 나오기 전, 똥을 싼 것도 모르고 삼신할머니가 엉덩이를 때려서 똥 모양과 비슷한 멍 자국이 있는 것은 아닐까? 나는 이것이 늘 궁금하다.

동생 엉덩이에는 퍼런 멍 자국이 널따랗게 퍼져있다. 동생은 똥을 싼 것도 모르고 엉덩이를 푹 깔고 앉아 있을 때가 있었다. 멍 자국은 푹 퍼진 똥 모양과 비슷하다.

"음, 고소해."

엄마는 동생의 똥 싼 기저귀를 갈아주면서 냄새를 맡았다.

"으웩, 더러워."

"뭐가 더러워? 예쁘기만 한데."

"예쁘긴 뭐가 예뻐!"

"예쁘잖아. 꼭 땅콩 잼 같네."

엄마는 늘 동생의 누런 똥 색깔이 땅콩 잼 같다고 한다.

오래전에, 엄마가 식빵에 땅콩 잼을 발라서 준 적이 있다. 정말 고소하고 맛있었다. 간식으로 땅콩 잼 바른 빵과 딸기우유를 함께 먹으면 배가 볼록해졌다. 하지만 동생이 태어나고부터는 절대로 땅콩 잼을 먹지 않는다. 땅콩 잼이 담긴 병만 봐도 우웩 한다.

내가 7살이 되던 해에 동생이 태어났다. 동생이 태어나고 처음에는 정말 귀여웠다. 하지만 동생이 아장아장 걸어 다니면서부터 문제가 생겼다.

동생은 꼭 저녁 먹을 때 똥을 눈다. 똥이 시간을 정해놓고 나오는 건 아니지만 왜, 하필, 굳이, 저녁 먹을 때마다 똥이 싸고 싶은지 도저히 이해를 못 하겠다. 그런데 문제는 이것만이 아니었다.

"엄마, 어디서 똥 냄새나지 않아?"

"그러게, 어디서 나지?"

엄마와 나는 코를 킁킁거리며 냄새를 맡고 다녔다.

"우웩. 이게 뭐야? 야! 김똥우."

동생이 똥 싼 기저귀를 내 방에다 휙 벗어 놓았다.

"세상에, 찍찍이를 어떻게 뗐지?"

엄마도 똥 싼 기저귀를 보더니 깜짝 놀랐다.

어느 날부터 동생은 똥을 싸고 나면 엄마가 알아차리기도 전에 기저귀를 떼어 냈다. 처음에는 잘 떼지 못했는데 몸집이 커지고 힘도 세지면서 찍찍이를 잘 뜯어냈다. 문제는 떼어낸 기저귀가 아무렇게 널브러져 있다는 것이다. 그러고는 멍 자국처럼 엉덩이에 똥을 묻힌 채 촐랑촐랑 뛰어다녔다.

그러던 어느 날이었다. 나는 학원에서 오줌을 꾹꾹 참고 집으로 왔다. 엘리베이터를 기다리는데 오줌이 찔끔찔끔했다. 현관문을 열자마자 화장실로 허겁지겁 뛰어갔다.

"어, 어⋯⋯ 엇!"

밟았다. 동생의 똥 기저귀를!

동생이 벗어 놓은 기저귀를 못 보고 화장실로 가다 그만 꽈당 넘어졌다. 엄마는 화장실에서 동생의 엉덩이를 씻기고 있었다.

"건우야! 괜찮아?"

"아아악! 이게 뭐야?"

나는 동생의 똥 기저귀를 밟고 미끄러지며 엉덩이에서 머리까지 똥을 훑고 뒤로 넘어졌다. 똥 기저귀 위에 양팔을 벌린 채 대자 모양으로 뻗었다. 헤 벌어진 입이 다물어지지 않았다.

"으아악! 엄마!"

머리 뒤쪽에 묵직하게 붙어 있는 똥 냄새가 얼굴 앞으로 퍼졌다. 벌어진 입안으로 냄새가 들어오는 것 같았다.

"하하하! 엉아, 우끼다."

동생이 나를 보며 까르륵까르륵 웃었다.

"저걸, 그냥 콱!"

한 대 때려주고 싶었다.

"야! 너 죽을래?"

나는 벌떡 일어나 웃고 있는 동생 얼굴에 뒤통수를 들이밀었다.

"으앙! 시어, 시어!"

동생이 고개를 절레절레 흔들며 울었다.

"으아앙! 엄마, 빨리 씻어 줘!"

나도 화장실 바닥에 주저앉아 버렸다. 뒤통수에서 덜렁거리는 똥 때문에 죽을 거 같았다.

똥우와 내가 한꺼번에 우는 바람에 엄마가 어쩔 줄 몰라 했다. 엄마는 내 옷을 다 벗기고 샤워기를 잡아당겼다.

"머리 숙여."

엄마가 손으로 뒤통수에 묻은 똥을 쓸어내렸다. 세상에! 아무리 동생이 예쁘다지만 똥을 맨손으로 만지다니! 엄마가 이상했다.

"엄마, 안 더러워?"

"뭐가 더러워. 내 새끼 똥인데."

"그래도 똥이잖아."

"엄마가 낳았는데. 먹으라고 하면 먹을 수도 있어."

"아아아! 엄마, 제발 그만!"

급식 시간에 먹은 오징어가 살아서 튀어나올 것 같았다.

물소리에 감았던 한쪽 눈을 살짝 떠보았다. 바닥에 누런 똥들이 쓸려 내려가는 게 보였다. 웩! 구역질이 났다. 옆에서 멀뚱멀뚱 보고 있는 똥우 녀석에게 주먹을 들어 보였다.

"이제 냄새 안 나네."

엄마가 머리카락을 드라이어로 말려주었다.

머리를 감고 또 감았지만 계속 냄새가 나는 것 같았다. 머리카락 사이사이에 똥들이 남아 있는 것 같아 머리털을 다 깎아 버리고 싶었다.

"야, 김똥우. 저리 안 가!"

동생은 엄마 옆에서 내 머리카락을 만지며 헤죽헤죽 웃었다.

'얄미운 자식!'

엄마 아빠가 왜 동생을 낳았는지 이해가 되지 않았다.

동생이 태어나고부터 난 늘 뒷전이었다. 형이니까 다 참아야 했다. 전에 엄마 아빠는 '우리 건우, 우리 건우' 그랬다. 하지만 지금은 '우리 건우'가 '우리 동우' 로 바뀌었다.

퇴근한 아빠가 오자 저녁을 먹었다. 엄마는 저녁을 먹으며 내가 똥 밟은 일을 아빠에게 들려주었다.

"낮에 동우가 벗어 놓은 기저귀에 건우가 미끄러져서 큰일 날 뻔했어요."

엄마의 입은 심각하게 말하는 것 같았지만 눈은 반달 모양이었다.

"건우가 아빠한테 한 것을 동생한테 받네. 하하하."

"내가 언제 그랬는데?"

"너도 아기 때 아무 데나 똥을 싸는 바람에 아빠가 밟아서 뒤로 넘어진 적 있어. 그때 아빠 죽는 줄 알았어."

"또 똥이야? 똥! 똥! 제발 똥 먹는데 밥 얘기하지 마!"

"뭐, 뭐라고?"

"똥 먹는데 밥 얘기하지 말라고!"

"우하하하, 또, 똥 먹는……."

아빠는 뭐가 그렇게 웃기는지 말도 제대로 못 했다. 입을 너무 크게 벌리고 웃
는 바람에 입안에 있는 밥풀이 튀어나오려고 했다.

"호호호, 건우야, 뭐 먹는다고?"

엄마도 배꼽을 잡고 깔깔댔다.

"똥 먹는데…… 아, 아니 밥 먹는데 똥 얘기하지 말라고. 히잉."

나도 피식 웃음이 났다. 밥 먹을 때마다 똥 이야기를 하니까 똥인지 밥인지 헷갈렸다. 왜 우리 가족은 밥 먹을 때마다 똥 이야기를 하는 걸까? 그건 다 '김똥우' 때문이다.

"뜨~엉"

"엄마, 떠엉."

동생은 또 똥을 쌌는지 기저귀를 만지작거렸다. 나는 화장실에 간 동생이 나오기 전에 밥을 후딱 먹어 치웠다.

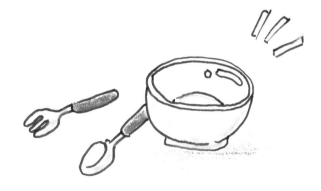

2.
하필이면
카레

'독후감은 정말 싫어!'

독후감을 왜 써야 하는지 진짜 모르겠다. 그냥 읽기만 하면 안 되는 걸까? 책만 읽으라고 하면 온종일 읽을 수 있을 거 같은데. 선생님은 일주일에 세 번이나 쓰라고 한다. 정말 너무하다.

저녁을 먹고 독후감 숙제를 하고 있었다. 부엌 쪽에서 엄마 목소리가 들렸다.

"그래, 건우가 그랬다고. 호호호."

분명 내 이름을 말하는 거 같았다. 누구랑 통화하는지 웃음이 그치질 않았다. 왠지 불길한 느낌이 들었다. 안 그래도 독후감이 안 써져 짜증 나 죽겠는데 엄마는 뭐가 그리 좋은 걸까? 내 이름까지 들먹이면서 말이다.

"동우가 가끔 기저귀를…… 아무 데나……. 호호, 건우가 머리에서……."

엄마 웃음소리에 말이 잘 들리지 않았지만 아마도 내가 동생 똥을 밟고 지나간 이야기를 하는 것 같았다. 나는 방문을 확 열고 엄마에게 달려갔다.

"엄마! 지금 내 얘기 하지?"

엄마는 조용히 하라고 손가락을 입에 갖다 댔다. 반달이 된 눈이 아주 재밌어 죽겠다는 표정이다.

"씨이! 하지 마. 하지 말라고!"

나는 엄마 손전화를 빼앗으려고 펄쩍펄쩍 뛰었다.

"알았어, 알았어. 그만 끊을게."

엄마는 전화를 끊고 나서도 입가에 웃음이 떠나질 않았다.

"수찬이 엄마지?"

엄마는 늘 수찬이 엄마랑 통화했다.

수찬이 엄마는 같은 아파트에 사는 엄마 친구다.

다음 날, 아침을 먹고 집을 나왔다. 아파트 현관문을 밀고 나오니 하늘이 잔뜩 흐려있었다. 찌뿌둥한 내 마음과 닮아 있었다.

'정말 안 나겠지?'

손가락으로 머리카락을 쓸어 냄새를 맡았다. 옷도 새로 갈아입었다. 화장품 냄새가 살짝 났다. 엄마를 졸라 아빠 화장품을 갈아입은 옷 곳곳에 묻혀 달라고 했다. 학교 가는 내내 똥 냄새가 날까 봐 자꾸 머리에 손이 갔다.

"야! 이게 무슨 냄새야?"

교실로 들어서자마자 기다렸다는 듯이 수찬이가 소리를 질렀다. 친구들 눈이 모두 나에게 쏠렸다.

"어휴! 똥 냄새!"

수찬이는 냄새를 쫓으려는 듯 코앞에 손을 대고 흔들었다.

'치사한 자식!'

나는 못 본 척하고 내 자리로 와서 앉았다.
수찬이가 졸졸 따라왔다. 내 머리에 코를 박고는 킁킁거렸다.

"야! 뭐 하는 거야?"

나는 손을 들어 수찬이 머리를 밀어냈다.
수찬이는 코를 잡고 뒤로 주춤주춤 물러났다. 불길한 예감은 적중한다고 엄마가 그랬었다. 무슨 말인지 몰랐었는데 이제는 알 거 같다.

수찬이와 나는 유치원 때부터 단짝이었다. 엄마랑 수찬이 엄마는 둘도 없는 친구라고 했다. 그래서 우리도 자연스럽게 단짝이 되었다.

수찬이와 2학년에 올라오면서 같은 반이 되었다. 1학년 때, 같은 반이 아니었어도 우리는 늘 함께 다녔다. 하지만 2학년이 되고 두세 달이 지나면서 싸우는 일이 잦아졌다.

엄마는 수찬이 엄마와 학교에서 있었던 이야기를 매일 나누었다. 그러다 보니 수찬이와 나를 자꾸 비교했다. 특히 수찬이 엄마가 더 그랬다. 수찬이는 나보다 덩치가 크고 운동을 잘했다.

"운동만 잘하면 뭐 해. 공부를 더 잘해야지."

수찬이 엄마는, 엄마와 이야기할 때 늘 이렇게 말했다.

엄마들은 아이들 공부 이야기가 아니면 할 이야기가 없는 거 같다. 세상에는 얼마나 재미있고 신나는 이야기가 많은데 엄마들은 정말 이상하다.

지난봄에 글쓰기 대회가 있었다. 나는 그때 정말로 쓸 이야기가 생각나지 않았다. 머리를 쥐어짜 가며 겨우겨우 동생 똥 이야기를 썼다. 그런데 그게 정말 재미있고 실감 난다며 상을 받았다. 다른 상도 아닌 2학년 전체에서 1등이었다. 나도 너무 황당하고 창피했다.

상을 받고 난 뒤 수찬이가 나를 더 멀리했다. 수찬이 엄마는 만날 때마다 상 받은 이야기를 했다. 그러면서 수찬이는 글쓰기마저도 못 한다고 퉁을 주었다. 그 뒤로 수찬이는 친구들과 몰려다니며 나를 더 괴롭혔다.

나는 엄마한테 수찬이 이야기를 하려다 참았다. 내가 이야기하면 수찬이 엄마랑 우리 엄마도 사이가 나빠질 거 같았다. 엄마는 아무것도 모르고 여전히 수찬이 엄마에게 내 얘기를 하고 있다.

"야! 똥발! 네 동생 똥 싼 기저귀에 미끄러졌다며?"

"뭐? 똥발?"

"똥 밟았으니까 똥발이지."

옆에 있던 친구들이 '똥발, 똥발' 하며 따라 불렀다.

"어제 너희 엄마랑 통화하는 소리 들었어. 우리 엄마가 배꼽을 잡고 웃더라."

수찬이는 배를 움켜쥐고 킥킥거리며 웃는 시늉을 했다.

친구들이 나와 수찬이를 번갈아 바라보며 킥킥댔다. 어떤 친구들은 냄새가 나는 것처럼 코를 킁킁거리기도 했다.

"이 자식이 정말!"

"야! 아직도 냄새난다. 똥 냄새는 오래간다던데."

"……."

"이지호! 너 하루 종일 냄새 나서 어떡하냐?"

수찬이는 내 짝꿍인 지호를 바라보며 히죽거렸다.

"야! 그만해."

지호가 수찬이에게 버럭 소리를 질렀다.

"짝꿍이라고 편드냐?"

수찬이는 지호와 나를 번갈아 노려보았다. 그러더니 내 의자를 발로 툭 차며 자기 자리로 돌아갔다. 지호는 수찬이를 째려보다 자리에 앉았다.

"야! 똥발! 여기까지 냄새가 나잖아."

수찬이는 코를 씰룩거리며 창문을 열었다.
수찬이를 따라 창문을 여는 아이들도 있었다. 나를 흘끔거리며 쑥덕거리기도 했다.

'나쁜 자식!'

나는 책상에 머리를 대고 엎드렸다.

마음 같아서는 수찬이 녀석을 한 대 때려주고 싶었다. 그럴 수가 없다. 내가 똥 밟은 건 사실이니까. 갑자기 화장실에서 헤헤 웃던 똥우 녀석이 생각났다.

'다 똥우 때문이야.'

동생만 태어나지 않았어도 이런 일은 없었을 것이다. 차라리 여자 동생이면 괜찮았을까? 너무 속이 상해 눈물이 나오려고 했다. 수업 시간 내내 선생님 목소리는 벌레가 웅웅 대는 소리처럼 들렸다.

"자, 차례차례 줄 서세요."

선생님이 점심시간이 되었다며 줄을 세웠다.

"건우야! 밥 먹으러 가자."

지호가 내 어깨를 흔들었다. 나는 아무것도 먹고 싶지 않았다. 하지만 지호가 억지로 나를 끌고 갔다.

식판에 밥을 쥐꼬리만큼 받았다. 지호랑 같이 먹으려고 자리에 앉았다.

"야! 똥발, 밥 먹을 수 있겠냐?"

수찬이가 맞은편에 앉으며 이죽거렸다. 덩치가 큰 수찬이는 밥도 산더미같이 많이 받았다. 다른 친구들도 옆에 앉으며 낄낄거렸다.

"하필이면 카레네."
"뭐?"

수찬이가 그다음 말을 하지 않아도 알 거 같았다. 똥 색깔과 비슷한 카레가 나와서 그런 거다.

"지호야, 나 먼저 갈게."

나는 밥을 한 숟가락 뜨다 말고 내려놓았다.

"왜? 어제 밟은 똥이 생각나 못 먹겠냐?"

수찬이는 나를 바라보며 큭큭 대고 웃었다. 그러더니 밥을 한가득 퍼서 입으로 꾸역꾸역 밀어 넣었다. 다 들어가지 못한 밥알이 식판으로 떨어졌다.

'나쁜 자식!'

나는 수찬이 입속으로 들어가는 숟가락을 푹! 쑤셔 넣고 싶었다.

"같이 가자."

지호도 밥을 먹다 말고 나를 따라 나왔다.

"넌, 더 먹어."

"아니야. 나도 쟤들 싫어."

괜히 지호에게 미안해지려고 했다.

교실로 올라오는데 똥우가 또 생각났다. 깔깔대고 전화하던 엄마도 생각났다. 똥우도 수찬이 녀석도 사라졌으면 좋겠다. 엄마 얼굴도 보고 싶지 않았다.

수업을 어떻게 마쳤는지 잘 모르겠다. 냄새가 나는 거 같아 수업 시간 내내 머리카락에 자꾸 손이 갔다.

3.
포토
카드

"건우야, 엄마 아빠 마트에 다녀올게."

"똥우는?"

"방금 잠들었어. 동생 깨니까 시끄럽게 하지 마. 혹시 동생 일어나면 바로 전화해."

"빨리 와야 해."

엄마 아빠는 현관문을 조용히 밀고 밖으로 나갔다.

나는 내 방으로 들어와 침대에 누웠다. 띵똥! 지호에게 문자가 왔다.

-건우야, 놀이터에서 놀자.-

-안돼. 동생 자고 있어.-

-그러니까 잠깐만 놀자.-

-엄마 아빠 없어서 동생 봐야 해.-

지호는 조금만 놀자고 자꾸 졸랐다. 나는 할 수 없이 놀이터로 나갔다. 동생은 한 번 잠이 들면 오래도록 잤다. 금방 들어오면 될 거 같았다.

지호와 나는 아파트 상가에서 아이스크림을 하나씩 샀다. 놀이터에서 모래 놀이를 했다. 뺑뺑이에 올라타 서로 돌려주었다. 지호는 엄청나게 빨리 돌렸다. 눈알이 팽팽 돌아가는 것 같았다. 구불구불한 미끄럼틀에서 술래잡기도 했다.

얼마나 놀았을까? 어디서 아기 우는 소리가 들리는 것 같았다.

"아, 맞다! 똥우!"

나는 지호에게 '잘 가'라는 말도 못 하고 집으로 올라왔다. 엘리베이터에서 내리자마자 현관문을 열고 후다닥 집으로 들어왔다.

집 안이 조용했다. 비스듬히 열려 있는 안방 문을 밀었다. 헉! 똥우가 없다. 작은 방에도 없다. 화장실에도 없었다. 내 방문을 열었다.

"야! 김똥우!"

동생이 내 방에 있었다. 기저귀를 차고 있지 않았다. 기저귀는 내 방에 보이지 않았다. 나는 기저귀를 찾아 거실로 나갔다. 거실에도 없다. 안방 침대 모서리 옆에 펼쳐져 있었다. 누런 똥이 푹 퍼져있었다. 내 방으로 돌아오려고 문턱을 넘었다.

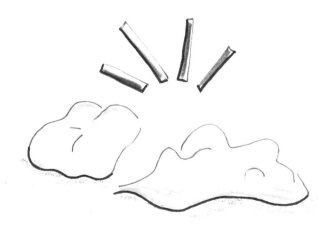

"어, 어, 으아아, 어휴!"

피했다. 다행이다. 동생 주먹만 한 똥이 문턱 바로 앞에 동그마니 놓여있었다. 동생 엉덩이에서 떨어진 거였다. 똥을 피해 내 방으로 돌아왔다.

"으아악!"

내 방문 손잡이를 잡으려다 하마터면 똥을 만질뻔했다. 방문 손잡이 아래에 똥이 묻어있었다. 냄새가 코를 찔렀다. 손에 냄새가 나는 것 같아 화장실로 달려 갔다.

맙소사! 화장실 바닥에도 퍼런 멍 자국 같은 똥이 푹 퍼져있었다. 화장실 바닥에 주저앉았다 일어난 모양이었다. 겨우 똥을 피해 손을 씻었다.

나는 씩씩거리며 엄마에게 전화했다.

"에이씨, 왜 안 받는 거야?"

신호음이 한참 울려도 엄마는 받지 않았다. 나는 화가 나 죽겠는데 이상하게 동생이 너무 조용했다. 다시 내 방으로 들어갔다.

"야! 너 뭐 하는 거야?"

동생이 카드를 들고 있었다.

방바닥에도 다른 카드들이 어지럽게 널브러져 있었다.

"난 몰라. 어떡해? 어떡해?"

동생 엉덩이 밑으로 카드 한 장이 삐져나와 있었다. 내가 제일 좋아하는 축구 선수 포토 카드를 똥 묻은 엉덩이가 누르고 있었다.

"야! 너 죽을래?"

나는 동생을 있는 힘껏 팍 밀쳤다. 동생이 침대 모서리에 그대로 부딪혔다.

"으아앙!"

동생은 바닥에 엎어지며 자지러지게 울었다. 나는 동생이 울든 말든 똥 묻은 카드를 집어 들었다.

"난 몰라! 내 카드!"

나도 바닥에 주저앉아 울어버렸다. 축구선수 얼굴이 똥으로 얼룩져 있어 알아볼 수가 없었다.

동생은 여전히 바닥에 엎어져 큰 소리로 울어댔다. 나는 너무 화가 나 동생 등을 세게 내리쳤다.

"으아앙! 아프다."

동생은 악을 쓰며 더 크게 울었다. 그러면서 뒤통수를 자꾸 만졌다. 나도 같이 소리 지르며 울었다.

"엉아, 아프다."
"뭐? 어쩌라고?"

나는 발로 엎어져 있는 동생을 툭 찼다. 뒤통수를 만지던 동생 손이 바닥으로 툭! 떨어졌다.

"어, 피다!"

동생 손가락에 피가 묻어있었다. 나는 얼른 동생 머리카락을 헤집었다. 뒤통
수 가운데에서 피가 나왔다. 상처 난 곳이 발갛게 부어있었다. 휴지를 가져와 피
가 나는 곳을 닦아주었다. 피가 조금씩 묻어 나와 꾹 눌러주었다. 조금 있으니,
피가 멎었는지 묻어나지 않았다. 덜컥 겁이 났다. 엄마 아빠가 알면 혼이 날 게
분명했다.

"야! 일어나 봐."

나는 동생을 일으켜 바로 앉혔다. 다친 곳이 없는지 머리를 다 뒤적거렸다. 다행히 더 이상 상처가 보이지는 않았다.

동생이 나를 빤히 쳐다보았다. 눈가에 눈물이 맺혀 있었다.

"아팠어?"

동생이 고개를 끄덕끄덕했다. 아랫입술을 내밀고 비쭉거렸다. 곧 울음이 터질 것 같이 어깨가 들썩였다.

"그러니까 형아 꺼 왜 만졌어?"

나는 동생 얼굴을 제대로 바라보지 못했다. 고개를 숙인 채 두 눈을 치켜떴다. 동생 콧구멍이 단추만큼 커졌다가 작아졌다가 벌렁벌렁했다. 내 눈가에서도 눈물이 삐질삐질 새어 나왔다.

동생이 무릎을 구부리고 서서 양손으로 눈물을 닦아주었다. 다 닦이지 않은 눈물이 입속으로 들어갔다. 입안이 찝찌름했다.

"아파?"

"아나프다."

동생이 고개를 가로저었다. 씩 웃으며 두 눈을 찡긋했다. 이상하다. 그런 적이 없는데 동생이 귀엽게 보였다.

"내 카드……."

옆에 있는 똥 묻은 카드가 눈에 들어왔다. 카드를 보다 동생을 바라보았다. 동생이 말똥말똥한 눈으로 나를 빤히 쳐다보았다. 한참 동안 동생과 카드를 번갈아 바라보았다.

햄버거를 사면 축구선수 얼굴을 찍은 포토 카드를 주었다. 좋아하는 축구선수 카드가 언제 걸릴지 몰라 햄버거를 질리도록 먹었다. 나중에는 먹기 싫어 햄버거는 버리고 카드만 챙겼다. 엄마 몰래 아빠를 졸라서 모은 카드였다. 그런데 하필이면 그 카드를 동생이 깔고 앉았다.

똥 묻은 포토 카드를 휴지로 닦았다. 똥을 닦아도 냄새가 지독했다. 다시 화가 났다. 두 눈을 치켜뜨고 앞에 앉아 있는 동생을 째려보았다. 동생은 여전히 생글생글 웃고 있었다.

4.

빵빵이

얼마 뒤 엄마 아빠가 집으로 왔다.

엄마 아빠는 집으로 들어서자마자 소리를 질렀다.

"세상에! 이게 뭐야?"

엄마는 입을 다물지 못했다.

"으악! 냄새!"

아빠도 코를 잡고 눈살을 찌푸렸다.

내가 지호를 만나러 간 사이에 동생이 온 집안을 똥으로 범벅을 해 놓았다. 냉장고 문에도 싱크대 손잡이에도 똥이 조금씩 묻어있었다.

아마도 동생이 기저귀를 떼어내고 손으로 엉덩이를 만진 거 같았다. 그 손으로 온 집안을 휘젓고 다닌 거였다.

"건우야! 너 뭐 했어?"

엄마는 나에게 소리를 빽 질렀다.

"엄마가 늦게 왔잖아!"

나는 씩씩거리며 울음을 터뜨렸다. 안 그래도 속상해 죽겠는데 엄마는 나만 야단을 쳤다.

"그래도 그렇지. 이게 뭐야? 똥 천지잖아!"
"엄마가 전화 안 받았잖아. 왜 나만 뭐라 그래. 내가 똥 쌌어?"
"뭘 잘했다고!"
"다들 그만해."

아빠가 엄마 등을 밀어 방으로 들여보냈다. 엄마는 동생을 데리고 화장실로 들어갔다.

나도 내 방으로 들어왔다. 방문을 쾅! 소리 나게 닫아 버렸다. 방바닥에 남아 있는 똥을 보자 짜증이 팍 났다.

엄마 아빠 몰래 밖으로 나왔다.

나는 아파트 놀이터에 가려다 말고 학교 운동장으로 갔다. 운동장은 휑하니 아무도 보이지 않았다. 터벅터벅 걸어서 놀이기구가 있는 곳으로 갔다.

정글짐에 올라가려고 발을 들어 올렸다. 순간, 구불구불한 미끄럼틀 속에서 웬 아이가 툭 튀어나왔다. 나는 깜짝 놀라 하마터면 발을 헛디딜뻔했다.

"너 혼자 뭐해?"

수찬이었다. 수찬이도 놀랐는지 나를 빤히 바라보았다.

"야! 똥발! 넌 뭐해?"
"난, 그냥……."

딱히 할 말이 없었다. 또 동생 똥 때문이라고 할 수가 없었다.

"그런 너는?"
"……."

수찬이는 돌아서서 다시 미끄럼틀을 탔다. 나도 정글짐에 올라갔다. 우리는 한동안 말없이 각자 놀았다. 서로 힐끔힐끔 곁눈질만 했다.

"수찬아! 뺑뺑이 돌려줄까?"

"뭐래?"

"얼른 올라타!"

나는 미끄럼틀 속에서 내려오는 수찬이 팔을 잡아당겼다.

수찬이는 싫어하는 척하면서 뺑뺑이에 올라탔다.

"돌린다!"

나는 있는 힘을 다해 뺑뺑이를 돌렸다.

뺑뺑이가 세게 돌아 수찬이가 여러 명으로 겹쳐 보였다.

"와! 시원해."

수찬이는 기분이 좋은지 입을 크게 벌리고 웃었다. 나도 웃었다.

"너도 타!"

뺑뺑이가 서서히 멈추자, 수찬이가 내려오고 내가 올라탔다.

수찬이는 나보다 힘이 세 더 빨리 돌렸다.

뺑뺑이가 휙휙 바람을 가르며 날아가는 것 같았다.

수찬이는 뺑뺑이 속도가 조금 느려지자 잽싸게 올라탔다.

우리는 손잡이를 꽉 잡고 몸을 뒤로 제쳤다.

하늘을 보며 '우와'하고 소리를 질렀다.

하늘을 나는 것 같았다.

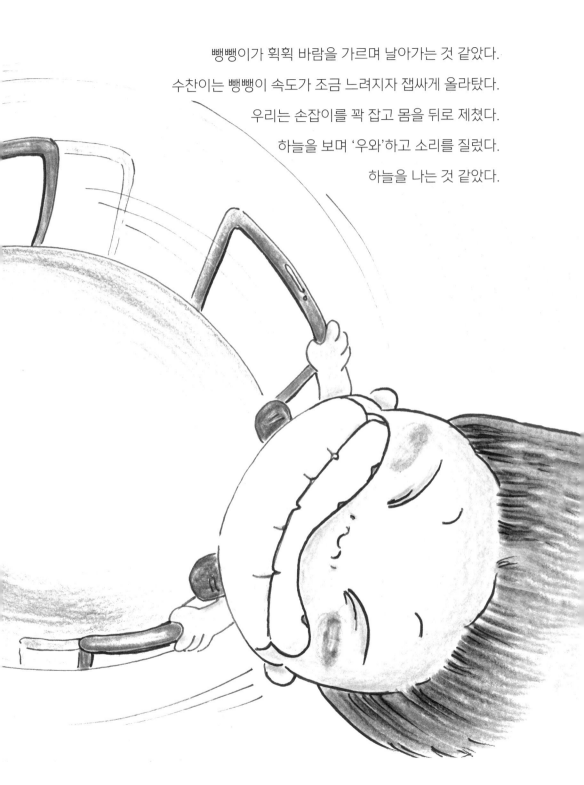

"너는 동생이 있어서 좋겠다."

"만날 똥만 싸는데, 뭐가 좋아."

"그래도 같이 있잖아."

"하나도 안 좋아. 없으면 좋겠어."

뺑뺑이가 멈추었다. 나는 모래 위로 폴짝 뛰어내렸다. 하지만 수찬이는 하늘만 쳐다보며 움직이질 않았다.

"너는 내가 싫어?"

"뭐라고?"

내 느닷없는 질문에 수찬이가 벌떡 일어났다.

"왜 나한테 심통을 부려?"

"……."

"난, 너랑 전에처럼 친하게 지내고 싶어."

수찬이는 한동안 말없이 땅만 바라보았다.

신발 앞코로 모래를 폭폭 걷어찼다.

"나도 그러고 싶어. 엄마가 자꾸 비교하니까 괜히 너에게 심통이 났어. 네 동생 얘기 들을 때마다 부럽기도 하고. 난 집에 가면 아무도 없어."

수찬이는 고개를 들지 못했다. 손가락만 계속 만지작거렸다. 축 늘어진 수찬이 어깨가 나보다 작아 보였다.

수찬이는 엄마랑 둘이 살았다. 수찬이가 입학하기 전에 엄마 아빠가 이혼했다는 말을 엄마에게 들었다. 그때는 그게 뭔지 잘 몰랐는데, 수찬이가 무척 외로웠을 거 같았다. 수찬이 엄마가 일하러 가면 수찬이는 학원에서 학원으로 계속 돌아다녀야 했다.

"야! 우리 뺑뺑이 더 타자."

나는 다시 뺑뺑이에 올라탔다. 수찬이가 뺑뺑이를 잡고 몇 바퀴를 쌩쌩 돌았다. 그러다 잽싸게 올라탔다. 우리는 뺑뺑이 가장자리에 나란히 걸터앉았다. 뺑뺑이가 뺑뺑 돌아갔다.

"우와아!"

우리는 소리를 크게 질렀다. 소리가 하늘 높이 날아올랐다. 하늘이 뻥 뚫리는 것 같았다.

5.
내 동생
동우

"얘가 왜 설사를 하지?"

엄마는 화장실에서 동생을 데리고 나오며 걱정스럽게 말했다.

"뭐 잘못 먹은 거 아니야?"

"다른 거 먹이진 않았어요."

"내일 병원에 데리고 가봐."

"계속 설사하면 그래야겠어요."

엄마 아빠는 걱정스럽게 이야기했지만 나는 좀 고소했다.

동생은 계속 설사하고 배가 아프다며 울었다. 열이 나고 토하기도 했다. 가끔 깜짝깜짝 놀라며 울기도 했다.

잠시 뒤, 엄마 아빠는 동생을 데리고 응급실로 갔다.

"건우야, 혼자 있을 수 있겠어?"

엄마는 동생을 안고 나가면서 연신 나에게 되물었다.

"걱정하지 마. 나도 이제 2학년이야."

"금방 다녀올게. 누가 벨 눌러도 문 열어 주지 마."

"알았어. 빨리 와."

아무도 없다. 진짜 좋다. 동생이 없으니 날아갈 것 같다. 냉장고에서 아이스크림을 꺼내와 소파에 앉았다. 텔레비전을 켰다.

아빠와 아이들이 나오는 프로그램을 하고 있었다. 텔레비전 속에 나오는 아이도 동생만 했다. 아이는 기저귀를 차고 있었다. 똥을 쌌는지 엄마에게 매달리며 기저귀를 자꾸 만졌다. 갑자기 밥도 못 먹고 계속 토하던 동생이 생각났다. 시곗바늘이 12시를 향해 달려가고 있었다.

'똥우가 많이 아픈가? 혹시?'

침대 모서리에 부딪힌 상처 때문에 아픈 건 아닌지 걱정되었다. 엄마 아빠가 알면 혼이 날까 봐 말도 못 했다.

시간이 너무 늦어서 그런지 텔레비전도 재미가 없다. 장난감 방에도 가보고 엄마 아빠 방에도 가보았지만, 아무것도 할 게 없었다. 동생이 없으면 좋을 줄 알았는데 조금 심심했다.

'치이, 똥만 싸는 자식.'

없어졌으면 좋겠다고 생각했는데 자꾸만 동생이 생각났다. 소파에 벌렁 누웠다. 텔레비전에서는 아줌마 아저씨들이 나와서 이야기를 하고 있었다. 깔깔대고 웃던 엄마 아빠도 생각났다.

띠띠띠 띡 띠띡.

"건우야,"

아빠가 혼자 왔다.

"똥우는?"

"동우가 너무 아파서 입원했어."

"왜? 어디가 아픈데?"

"응, 장염이래."

"머리는 안 아파?"

"응, 머리는 괜찮아."

"휴! 다행이다."

"뭐가?"

"아, 아니야."

엄마 아빠는 아직 동생 머리에 난 상처를 모르는 거 같았다.

"내일 할머니가 오실 거야."

다음날, 학교에서 돌아오니 할머니가 와 있었다. 날마다 거실 한가득 어질러
진 장난감이 보이지 않았다. 아무 데나 널브러져 있던 똥 기저귀도 없었다. 똥
냄새도 나지 않았다. 집안이 정말 깨끗했다.

"할머니, 엄마는?"

"동생 때문에 못 오지."

"똥우는?"

"응, 아직도 많이 아프대. 할머니랑 동우에게 가 볼까?"

"아, 아니, 할머니 혼자 가."

"그럼 간식 먹고 있어. 할머니 얼른 다녀올게."

동생이 없으니 정말 좋다. 장난감도 내 차지다. 똥 때문에 뒤로 넘어질 일도 없다. 밥 먹을 때 똥 얘기 안 들어서 좋다. 동생이 없으니 좋은 게 엄청 많다. 그런데 왜 이렇게 재미가 없지? 동생이 있을 때는 짜증도 났지만, 엄마 아빠랑 늘 웃었다.

동생은 나만 졸졸 따라다녔다. 시키는 걸 잘 알아듣지는 못해도 곧잘 했는데 뭔가 심심하고 허전했다. 뒤 꽁지에 붙어 있던 꼬랑지가 없어진 거 같았다.

저녁때가 되자 아빠가 일찍 퇴근했다.

"건우야, 아빠랑 동우한테 갈까?"

"아니, 안 갈 거야."

"동우가 형아 많이 찾는다는데."

"똥우가?"

"응, 정말 안 가?"

"······"

"그럼 아빠 다녀올게."

아빠는 현관문을 밀고 나갔다. 잠시 뒤, 엘리베이터 도착하는 소리가 들렸다.

"아빠! 같이 가!"

나는 현관문을 박차고 나갔다. 형아를 보고 싶다고 한 말이 자꾸 가슴을 콕콕 찔렀다.

"건우 왔어? 동우가 형아 많이 찾았어."

동생은 기저귀만 차고 침대에 누워있었다. 한쪽 팔에 링거를 꽂고 있었다. 많이 울었는지 눈가에 눈물 자국이 남아 있었다.

"엉아."

동생은 나를 보더니 발가락을 까닥까닥했다. 겨우 하룻밤 지났는데 볼살이 쏘옥 빠졌다.

"우리 동우 답답하지? 밖에 나갈까?"

아빠가 동생을 안아서 휠체어에 앉혔다. 엄마는 동생 무릎에 얇은 담요를 덮어주었다.

동생은 밖으로 나오자 신이 나서 엉덩이를 들썩거렸다. 그러더니 옆에서 걷고 있는 내 손을 잡으려고 했다. 나는 동우 머리를 쓰다듬는 척하며 상처 난 뒤통수를 살짝 만졌다. 동생은 아무렇지도 않은지 머리를 내 손에 비볐다. 다행히 상처가 잘 아문 거 같았다.

동생이 머리를 만지는 내 손을 다시 잡았다. 나는 손을 슬쩍 빼내려고 했지만, 너무 세게 잡아서 빼지 못했다. 동생의 손은 무척 따뜻했다. 따뜻한 게 아니라 뜨거웠다. 한참을 잡고 있으니 손에서 땀이 날 것 같았다.

"엄마, 똥우 손이 너무 뜨거워."

"으응, 아직 열이 안 내려서 그래."

"아직도 열이 많이 나?"

아빠는 동생 이마에 손을 얹었다.

"네, 열이 올랐다 내렸다 해요. 설사는 거의 멎은 거 같은데."

"아직도 깜짝깜짝 놀래?"

"가끔 요. 의사 선생님이 무언가에 놀라서 그럴 수도 있대요. 아니면 어디에 충격을 받은 건 아니냐고 그러는데. 건우야, 혹시 저번에 아무 일 없었어?"

"무, 무슨 일?"

"동생이 놀랄만한 일 없었냐고?"

"모, 몰라, 없었어."

가슴이 철렁했다. 엄마가 알면서 물어보는 거 같았다. 말이 바로 안 나오고 버벅거렸다.

"계속 그러면 머리 사진을 찍어 보자고 해."

엄마 아빠는 한숨을 푹 내쉬었다.

나도 숨을 크게 내쉬었다. 심장이 덜컹덜컹 날뛰었다. 롤러코스터를 타는 것 같았다. 침대 모서리에 부딪혀서 그런 건 아닌지 너무 불안했다.

　동생 손을 잡고 있기가 미안했다. 손을 살짝 빼내었다. 하지만 동생이 내 손을 꽉 잡았다.

　"어, 엄마, 동우 이마에 물수건 올려줘야 되는 거 아니야?"

　엄마는 내가 열이 나면 이마에 손을 대보고 미지근한 물수건을 올려주곤 했다.

　"좀 전에 해열제 먹였어. 이제 내려갈 거야."

　"인제 그만 들어가자. 건우도 내일 학교 가야 하잖아. 당신도 동우 재우고 일찍 자."

　아빠는 병실로 들어가려고 휠체어를 돌렸다.

"시어, 시어. 엉아."

동생이 내 손을 놓지 않으려고 징징거렸다.

"형아랑 한밤 자고 또 올게."

아빠는 우는 동생을 겨우 달래고 차에 탔다. 뒤를 돌아보니 엄마와 동생이 계속 쳐다보고 있었다.

동생은 우리 차가 보이지 않을 때까지 손을 흔들었다. 오는 내내 동생이 생각났다. 졸졸 따라다녀 귀찮고, 밥 먹을 때 똥을 싸 얄미웠는데 내 마음이 왜 이러는지 모르겠다.

잠을 자려고 침대에 누웠다. 엄마 아빠가 동생 뒤통수에 난 상처를 알게 될까봐 잠이 오지 않았다. 천장에 눈물이 맺힌 동생 얼굴이 보였다.

　이틀 뒤, 동생이 퇴원해서 집에 왔다. 다행히 열도 바로 내렸고 깜짝깜짝 놀라지도 않았다. 나는 수업이 끝나자마자 집으로 달려왔다.

　"엉아!"

　동생이 총총거리며 나에게 달려왔다.

　동생을 꼬옥 안아주며 뒤통수를 만졌다. 상처 난 곳이 다 나았는지 반들반들했다. 동생을 데리고 내 방으로 들어왔다.

　"이거 줄까?"

　동생이 가장 좋아하는 프테라노돈 공룡 장난감을 보여 주었다.

　"우아! 찐난다."

　동생은 공룡 장난감을 들고 방방 뛰었다. 내 기분도 방방 뛰었다.

아빠도 다른 날보다 일찍 퇴근했다.

"오늘, 동우 똥 잘 쌌어?"

"네, 이젠 설사 안 해요."

엄마 아빠는 여전히 밥을 먹으며 똥 이야기를 했다.

"엄마, 떠엉."

동생은 또 똥을 싸러 갔다.

"건우도 똥 잘 싸려면 채소 많이 먹어야 해."

아빠는 내 머리를 쓰다듬으며 또 똥 이야기를 했다.

"제발! 쫌!
 똥 먹는데
 밥 얘기하지 마!"

십오 년 넘게 도서관에서 일했어요. 도서관에서 일하는 동안 날마다 여러 사람을 만났어요. 그중에서 가장 반가운 사람이 있어요.

"샘! 안녕하세요."

도서관 문을 열고 들어서며 환하게 웃어 주는 어린이 친구들이에요.

"시원한 물 마시고 책 보자."

도서관이 높은 곳에 있어서 땀 흘리며 올라온 친구들에게 물 마시라고 말해줘요. 친구들은 물 마시고 읽을 책을 고르러 서가로 가요. 서가를 돌아다니며 마음에 드는 책을 가져와 읽어요. 도서관에서 일하며 친구들이 호기심을 가지고 가장 즐겁게 읽는 책을 알게 되었어요.

어떤 책일까요?

동화책, 공룡책, 게임책, 역사책, 만화책, 판타지책, 그림책, 과학책……

여러 종류의 책이 있지만, 가장 인기가 많은 책은 똥에 관한 책이었어요.

똥! 그러면 더럽고 지저분하다고 생각하지만, 책에 나오면 무척 신기하고 재미있나 봐요. 똥 관련 책이 새로 들어오면 서로 읽겠다고 난리가 나요. 서로 먼저 빌려 가려고 그러거든요. 도서관에 있는 책 중에 가장 너덜너덜한 책이 똥 관련 책이에요. 친구들이 이렇게 좋아하는 똥 이야기를 써보고 싶었어요.

아주 오래전, 조카가 동생 똥을 밟고 넘어진 적이 있었어요. 한동안 가족들이 모이면 똥 밟은 이야기를 하며 웃었던 기억이 나요. 그때 생각이 나서 똥 이야기를 만들게 되었어요.

이 글의 주인공 건우처럼 똥 때문에 힘들었던 친구들도 있을 거예요. 똥으로 인해 웃었던 친구들도 있을 거고요.

더럽고 냄새나지만, 식물에는 아주 중요한 양분이 되는 똥이 어떤 이야기를 펼칠지 이야기 속으로 들어가 볼까요?

건우처럼 즐겁고 신나게 뛰어노는 친구들이 되길 바라요.

친구들이 정말로 행복했으면 좋겠어요.

2024년 황금 들판이 빛나는 가을

유별나

똥 먹는데 밥 얘기하지 마!

인 쇄 일   2024년 10월 15일
발 행 일   2024년 10월 30일

지 은 이   유별나
그 린 이   김선화

펴 낸 이   이문희
출 판 인 쇄   도서출판 곰단지
디 자 인   성수연, 김슬기
주   소   경남 진주시 동부로 169번길 12 윙스타워 A동 1007호
전   화   070-7677-1622
팩   스   070-7610-2323

I S B N   979-11-89773-89-2 73810
가   격   11,000원

이 책은 한국예술인복지재단의 예술활동준비금지원사업으로 발간되었습니다.

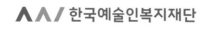

똥 먹는 데
밥 얘기하지 마!

똥 먹는 데
밥 얘기하지 마!